봄노래 _ 김규태

화복한 세상 _ 김규태

춘일에 _ 김규태

가족의 사랑 _ 김규태

나눔의 가치를 소중히 여기는

_____ 님께

뜨거운 향기 바람에 덜어내며

초판 1쇄 인쇄 2012년 8월 10일 **초판 1쇄 발행** 2012년 8월 15일

엮음 고산돌 | **번역** 이수진 | **감수** 이태문

발행인 이숙희 | **펴낸곳** 나눔문학촌
출판등록 2012년 3월 23일 제 2012-6호
주소 464-841 경기도 광주시 퇴촌면 광동로 52길 44
전화 070-4025-9586 | **E-mail** poet@gosandol.com
마케팅 출판마케팅센터

熱い香り 風に飛ばして

初版1刷 印刷日 2012年 8月 10日 **初版1刷 発行日** 2012年 8月 15日

編者 コ・サンドル | **翻訳** イ・スジン | **監修** イ・テムン教授
出版社 コ・サンドル ナヌム文学村

出版登録 2012年 3月 23日 第 2012-6号
TEL +82-70-4025-9586 | **E-mail** poet@gosandol.com
マーケティング 出版マーケティングセンター
出版支援 イルムナム

☆この本は疎外階層の子供たちと希望を分かち合うために、
意のある文人たちの才能寄付により作られました。
☆《 》の中は詩が収録された本で、( ) の中は出版社です。
本詩集を通じて発表される作品は省略いたしました。

価格 10,000원
ISBN 978-89-969193-1-5 [03810]

뜨거운 향기
　　　바람에 덜어내며

熱い香り　風に飛ばして

나눔문학촌

시집을 엮으며

지난 봄,
선배 문인들과 마음 예쁜 이웃들이 모아 준
사랑을 그물코 삼아 엮은
나눔시선집 〈사람이 향기로운 것은 사랑 때문이다〉로
봄이 더디 오는 그늘진 곳의 아이들에게
작은 희망을 전할 수 있어 행복했습니다.
그러나, 오늘도 너무 많은 아이들이
가슴 타도록 뜨거운 향기를 바람에 덜어내며
희망을 기다리고 있음을 잘 알기에
다시 재능을 엮었습니다.
이 시집을 통해 독자들 사랑이 전해져
아이들에게 희망을 키우는 씨앗이 되기를
간절히 소망합니다.

2012년 8월
초록이 여무는 여름날
나눔문학촌장 고산돌

목차 目次

1部
별을 노래하는 마음으로
星をうたう心で

2部

흐르고 흘러 저물녘엔
流れて流れて暮れ方には

3部
그리움 돼 있겠지요
恋しさになっているでしょう

아름다운 동행
美しい同行

동반자 _ 정원용

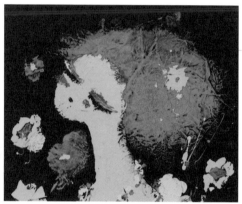

도도한 여인 _ 영희

1부

별을 노래하는 마음으로
星をうたう心で

서시

윤동주

죽는 날까지 하늘을 우러러
한 점 부끄럼이 없기를,
잎새에 이는 바람에도
나는 괴로워했다.
별을 노래하는 마음으로
모든 죽어가는 것을 사랑해야지
그리고 나한테 주어진 길을
걸어가야겠다.
오늘 밤에도 별이 바람에 스치운다.

《하늘과 바람과 별과 시》정음사

序詩

ユン・ドンジュ

死ぬ日まで天を仰ぎ
一点の恥辱なきことを、
葉あいにそよぐ風にも
わたしは苦しんだ。
星をうたう心で
すべての死んでいくものを愛さなければ
そしてわたしに与えられた道を
歩みゆかねば。
今宵も星が風に吹き晒される。

《空と風と星と詩》正音社

초혼

김소월

산산이 부서진 이름이여!
허공중에 헤어진 이름이여!
불러도 주인 없는 이름이여!
심중에 남아 있는 말 한마디는
끝끝내 마저 하지 못하였구나.
사랑하던 그 사람이여!
사랑하던 그 사람이여!
붉은 해는 서산마루에 걸리었다.
사슴이의 무리도 슬피 운다.
떨어져 나가 앉은 산 위에서
나는 그대의 이름을 부르노라.
설움에 겹도록 부르노라.
설움에 겹도록 부르노라.
부르는 소리는 비껴가지만
하늘과 땅 사이가 너무 넓구나.

《진달래꽃》

招魂

キム・ソウォル

散り散りに砕けた名よ!
虚空に消えいく名よ!
呼んでも答えない名よ!
心中にしまっておいた一言は
とうとう　最後まで言えなかった。
愛した人よ!
愛した人よ!
真っ赤な太陽は西の山積にかかった。
鹿の群れも悲しげに泣く。
離れた山頂で
私はあなたの名を呼んでいる。
悲しみ 抑え切れずに呼ぶ。
悲しみ 抑え切れずに呼ぶ。
呼び声は遠ざかっていき
天と地はあまりに広すぎる。

《つつじの花》

목마木馬와 숙녀

박인환

한 잔의 술을 마시고
우리는 버지니아 울프의 생애와
목마를 타고 떠난 숙녀의 옷자락을 이야기한다.
목마는 주인을 버리고 그저 방울 소리만 울리며
가을 속으로 떠났다. 술병에서 별이 떨어진다.
상심한 별은 내 가슴에 가벼웁게 부서진다.
그러한 잠시 내가 알던 소녀는
정원의 초목 옆에서 자라고
문학이 죽고 인생이 죽고
사랑의 진리마저 애증의 그림자를 버릴 때
목마를 탄 사랑의 사람은 보이지 않는다.
세월은 가고 오는 것
한때는 고립을 피하여 시들어가고
이제 우리는 작별하여야 한다.
술병이 바람에 쓰러지는 소리를 들으며
늙은 여류작가의 눈을 바라다보아야 한다.
…… 등대에 ……
불이 보이지 않아도
그저 간직한 페시미즘의 미래를 위하여

木馬と淑女

パク・インファン

一杯の酒を飲み

我らはヴァージニア・ウルフの生涯と

木馬に乗り 去って行った淑女の小裸を語る。

木馬は飼い主を捨て ただ鈴音だけ鳴らしながら

秋の中へ去って行った。 酒瓶から星が散る。

傷んだ星は私の胸に砕け散る。

一時、僕が知っていた少女は

庭園の草木の側らで育ち

文学が死に、人生が死に

愛の真理さえ愛憎の影を捨てる時

木馬に乗った愛の人は見えない。

歳月は行き来し

一時は孤立を避け 萎んでも

そろそろ、我らは別れなけらば。

酒瓶が風に倒れる音を聞きながら

老いた女流作家の目を見つめなきゃ。

…… 灯台に……

灯りが見えなくても

ただ抱いたペシミズムの未来のために

Sky horse _ 김석영

우리는 처량한 목마 소리를 기억하여야 한다.

모든 것이 떠나든 죽든

그저 가슴에 남은 희미한 의식을 붙잡고

우리는 버지니아 울프의 서러운 이야기를 들어야 한다.

두 개의 바위틈을 지나 청춘을 찾은 뱀과 같이

눈을 뜨고 한 잔의 술을 마셔야 한다.

인생은 외롭지도 않고

그저 잡지의 표지처럼 통속하거늘

한탄할 그 무엇이 무서워서 우리는 떠나는 것일까.

목마는 하늘에 있고

방울 소리는 귓전에 철렁거리는데,

가을 바람 소리는

내 쓰러진 술병 속에서 목메어 우는데.

《박인환 선시집》

我らは荒んだ木馬の音を覚えなきゃいけないのだ。
全てが去っても死んでも
ただ、胸に残った朧な意識をしがみ付いて
我らはヴァージニアウルフの悲話を聞かねばならない。
二つの岩の隙を過ぎ 青春を尋ねた蛇のよう
目を開け 一杯の酒を飲まなきゃならない。
人生は淋しくもなく
ただ古びた雑誌表紙のように通俗なのを
嘆くなにかを恐れ 我らは去って行くのか。
木馬は空にあり
鈴音は耳元で靡くのに、
秋風の音は
僕の倒れた酒瓶の中で咽び泣きするのに。

《パク・インファン選詩集》

풀

김수영

풀이 눕는다.
비를 몰아오는 동풍에 나부껴
풀은 눕고
드디어 울었다.
날이 흐려져 더 울다가
다시 누웠다.

풀이 눕는다.
바람보다도 더 빨리 눕는다.
바람보다도 더 빨리 울고
바람보다도 먼저 일어난다.

날이 흐리고 풀이 눕는다.
발목까지
발밑까지 눕는다.
바람보다 늦게 누워도
바람보다 먼저 일어나고
바람보다 늦게 울어도
바람보다 먼저 웃는다.
날이 흐리고 풀뿌리가 눕는다.

《거대한 뿌리》 민음사

草

キム・スヨン

草が横たわる。
雨を追ってくる 東風になびく
草は横たわり
やっと泣いた。
日が曇って もっと泣いて
また横たわった。

草が横たわる。
風よりも もっと早く横たわる。
風よりも もっと早く泣いて
風よりも 先に起きる。

日が曇って 草が横たわる。
足首まで
足元まで横たわる。
風より 遅く横たわっても
風より 先に起きて
風より 遅く泣いても
風より 先に笑う。
日が曇って 草根が横たわる。

《巨大な根》民音社

꽃

김춘수

내가 그의 이름을 불러 주기 전에는
그는 다만
하나의 몸짓에 지나지 않았다.

내가 그의 이름을 불러 주었을 때
그는 나에게로 와서
꽃이 되었다.

내가 그의 이름을 불러 준 것처럼
나의 이 빛깔과 향기香氣에 알맞는
누가 나의 이름을 불러다오.
그에게로 가서 나도
그의 꽃이 되고 싶다.

우리들은 모두
무엇이 되고 싶다.
너는 나에게 나는 너에게
잊혀지지 않는 하나의 의미가 되고 싶다.

《김춘수 시선집》 현대문학

花

キム・チュンス

私が君の名を呼ぶ前は
君はただ
一つの身振りに過ぎなかった。

私が君の名を呼んだら
君は私に寄り付き
花になった。

私が君の名を呼んだよう
私のこの彩りと香りにふさわしい
誰か私の名を呼んでおくれ。
君のもとへいき 私も
その人の花になりたい。

我らは みな
なにかになりたい。
君は私にとって 私は君にとって
忘れ去れない 一つの意味になりたい。

《キム・チュンス 詩選集》白磁社

낙화

이형기

가야 할 때가 언제인가를
분명히 알고 가는 이의
뒷모습은 얼마나 아름다운가.

봄 한철
격정을 인내한
나의 사랑은 지고 있다.

분분한 낙화……
결별이 이룩하는 축복에 싸여
지금은 가야 할 때,

무성한 녹음과 그리고
머지않아 열매 맺는
가을을 향하여

나의 청춘은 꽃답게 죽는다.

헤어지자.

落花

イ・ヒョンギ

去るべき時を知り
去っていく者の後姿
いかにも美しいだろうか。

春の時季
激情を耐え抜いた
わが想いは褪せていく。

紛々と散る花……
決別の成し遂げた祝福に包まれ
今は去るべき時、

茂った緑陰 そして
もうすぐ実る
秋に向かい

我が青春は花のように死んで行く。

別れよう。

섬세한 손길을 흔들며
하롱하롱 꽃잎이 지는 어느날

나의 사랑, 나의 결별,
샘터에 물 고인 듯 성숙하는
내 영혼의 슬픈 눈.

《낙화》 연기사

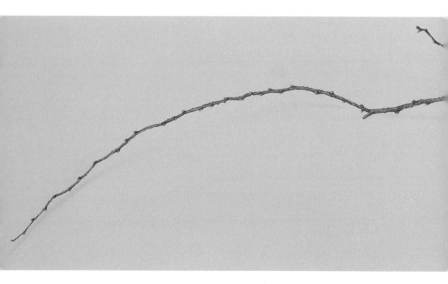

細長い手を振りながら
はかない花びら乱れ散る ある日

我が恋よ、我が決別よ、
水溜るのように成熟する
我が魂の悲しき目。

《落花》ヨンギ社

허심 _ 강순자

의자7

조병화

지금 어드메쯤
아침을 몰고 오는 분이 계시옵니다.
그분을 위하여
묵은 이 의자를 비워드리지요.

지금 어드메쯤
아침을 몰고 오는 어린 분이 계시옵니다.
그분을 위하여
묵은 의자를 비워 드리겠어요.

먼 옛날 어느 분이
내게 물려주었듯이

지금 어드메쯤
아침을 몰고 오는 어린분이 계시옵니다.
그분을 위하여
묵은 의자를 비워 드리겠습니다.

《문학사상 한국대표101인 선집 조병화》 문학사상사

椅子7

ゾ・ビョンファ

今 どこあたり
朝を煽って来る方がいらっしゃいます。
その方のために
古びたこの椅子を空けます。

今 どこあたり
朝を煽って来る幼い方がいらっしゃいます。
その方のために
古びた椅子を空けます。

大昔 ある方が
私に譲り渡したように

今 どこあたり
朝を煽って来る幼い方がいらっしゃいます。
その方のために
古びた椅子を空けます。

《文学思想 韓国代表101人選集 ゾ・ビョンファ》文学思想社

사슴

노천명

모가지가 길어서 슬픈 짐승이여,
언제나 점잖은 편 말이 없구나.
관이 향기로운 너는
무척 높은 족속이었나 보다.

물속의 제 그림자를 들여다보고
잃었던 전설을 생각해내곤
어찌할 수 없는 향수에
슬픈 모가지를 하고 먼데 산을 쳐다본다.

《한국문학총서4》 해냄

鹿

ノ・チョンミョン

素首が長くて悲しき獣よ、
いつも謹んで ものさえ言わず。
匂う冠の君は
高い身分だったろう。

水中に映る 我が影見つめ
失った伝説思い出し
押さえきれない 郷愁に
詫びた素首 遠き山を見あげる。

《韓国文学総書4》ヘネム

상한 영혼을 위하여

고정희

상한 갈대라도 하늘 아래선
한 계절 넉넉히 흔들리거니
뿌리 깊으면야
밑둥 잘리어도 새순은 돋거니
충분히 흔들리자 상한 영혼이여
충분히 흔들리며 고통에게로 가자

뿌리없이 흔들리는 부평초 잎이라도
물 고이면 꽃은 피거니
이 세상 어디서나 개울은 흐르고
이 세상 어디서나 등불은 켜지듯
가자 고통이여 살 맞대고 가자
외롭기로 작정하면 어딘들 못 가랴
가기로 목숨 걸면 지는 해가 문제랴

고통과 설움의 땅 훨훨 지나서
뿌리 깊은 벌판에 서자
두 팔로 막아도 바람은 불듯
영원한 눈물이란 없느니라

傷ついた霊魂のために

コ・ジョンヒ

痛んだ葦でも 空の下では
一季節 存分に揺れるだろう
根っ子 深ければ
根っ子 切られても 新芽は萌えるだろう
思いっきり揺れよう 傷ついた霊魂よ
思いっきり揺れて 苦痛を感じよう

根もなき揺れる浮草の葉でも
水たまれば 花咲くだろう
この世どこでも 小川は流れ
この世どこでも 明かりがつくように
行こう 苦痛よ 肌合わせて 行こう
孤独だと思い込んだら どこにも行けないだろうか
行こうと命を賭ければ 沈む太陽も憚らない

苦痛と悲しみの土地 さっと通り過ぎて
根深い野原に立とう
二の腕で遮っても 風は吹き
永遠の涙は無いのだ

영원한 비탄이란 없느니라

캄캄한 밤이라도 하늘 아래선

마주잡을 손 하나 오고 있거니

《아름다운 사람 하나》 푸른숲

늦은 밤 주당 3인 _ 이광택

永遠の悲嘆は無いのだ
真っ暗な夜でも 空の下では
取り合う手ひとつ 来ているであろう

《美しい人独り》青い森

나의 가난은

천상병

오늘 아침을 다소 행복하다고 생각한 것은
한 잔 커피와 갑 속의 두둑했던 담배,
해장을 하고도 버스값이 남았다는 것.

오늘 아침을 다소 서럽다고 생각한 것은
잔돈 몇 푼에 조금도 부족이 없어도
내일 아침 일도 걱정해야 하기 때문이다.

가난은 내 직업이지만
비쳐오는 이 햇빛에도 떳떳할 수가 있는 것은
이 햇빛에도 예금통장은 없을 테니까……

나의 과거와 미래
사랑했던 내 아들딸들아,
내 무덤가 무성한 풀섶으로 때론 와서
괴로웠을 그런대로 산 인생 여기 잠들다,
라고,
씽씽 바람 불어라……

《저승가는 데도 여비가 든다면》 도서출판 답게

36

私の貧乏は

チョン・サンビョン

今朝 多少幸せだと思ったのは
一杯のコーヒーと タバコの箱の分厚さ、
迎え酒をしても バス代が残ったこと。

今朝 多少悲しいと思ったのは
はした金で ちっとも不足なくても
明日の朝のことも うれわなければならぬため。

貧乏は私の職業だが
差し掛かる陽光にも 胸を張られるのは
この陽光にも 預金通帳はないはずだから……

私の過去と未来
愛しかった私の子女よ、
私の墓場の茂った草むらに たまに来て
苦しかったが それなりに生きた人生 ここで眠る、
と、
ビュウビュウ風よ、吹け……

《あの世に行くにも旅費がかかるなら》 図書出版 ダッケ

향수鄕愁

정지용

넓은 벌 동쪽 끝으로
옛이야기 지즐대는 실개천이 휘돌아나가고,
얼룩백이 황소가
해설피 금빛 게으른 울음을 우는 곳,

—그곳이 차마 꿈엔들 잊힐 리야.

질화로에 재가 식어가면
뷔인 밭에 밤바람 소리 말을 달리고,
엷은 졸음에 겨운 늙으신 아버지가
짚베개를 돋아 고이시는 곳,

—그곳이 차마 꿈엔들 잊힐 리야.

흙에서 자란 내 마음
파아란 하늘빛이 그리워
함부로 쏜 화살을 찾으러
풀섶 이슬에 함추름 휘적시던 곳,

郷愁

ジョン・ジヨン

広原、東方の果てに
昔話ささやく小川が回り流れ、
まだらの黄牛が
日暮れの金色怠けた泣きをするところ、

ーあそこ夢でも忘れられない。

猫火鉢の灰冷めていけば
荒涼たる畑にびゅうびゅう泣く夜風、
薄い眠りについた年老いた父が
小高くわら枕につくところ、

ーあそこ夢でも忘れられない。

土で育った私の心
青空の色懐かしくて
やたらに射た矢を探しに
草むらの玲瓏たる露べっとり濡らしたところ、

―그곳이 차마 꿈엔들 잊힐 리야.

전설바다에 춤추는 밤물결 같은
검은 귀밑머리 날리는 어린 누이와
아무렇지도 않고 예쁠 것도 없는
사철 발 벗은 아내가
따가운 햇살을 등에 지고 이삭 줏던 곳,

―그곳이 차마 꿈엔들 잊힐 리야.

하늘에는 성근 별
알 수도 없는 모래성으로 발을 옮기고,
서리 까마귀 우지짖고 지나가는 초라한 지붕
흐릿한 불빛에 돌아앉아 도란도란거리는 곳

―그곳이 차마 꿈엔들 잊힐 리야.

《한국문학총서4》도서출판 해냄

－あそこ 夢でも忘れられない。

伝説の海に踊る 夜の波のような
黒い後れ毛なびかせる 幼い妹と
何でもなく 綺麗でもない
常に裸足の妻が
焼け付く日差しを背負い落穂を拾ったところ、

－あそこ 夢でも忘れられない。

空にはまばらな星
知りえない砂の城に足を運び、
秋のガラス 鳴いて飛んでゆく みすぼらしい屋根
ぼやけた光に円座して こそこそするところ

－あそこ 夢でも忘れられない。

《韓国文化総書4》図書出版ヘネム

도도한 여인 _ 영희

가을 여인 _ 영희

꿈꾸는 여인 _ 영희

자작나무 _ 혼용 석유화

2部

흐르고 흘러서 저물녘엔
流れ流れて日暮れの時には

흔들리며 피는 꽃

도종환

흔들리지 않고 피는 꽃이 어디 있으랴
이 세상 그 어떤 아름다운 꽃들도
다 흔들리면서 피었나니
흔들리면서 줄기를 곧게 세웠나니
흔들리지 않고 가는 사랑이 어디 있으랴

젖지 않고 피는 꽃이 어디 있으랴
이 세상 그 어떤 빛나는 꽃들도
다 젖으며 젖으며 피었나니
바람과 비에 젖으며 꽃잎 따뜻하게 피웠나니
젖지 않고 가는 삶이 어디 있으랴

《그대 가슴에 뜨는 나뭇잎새》한양출판

揺れながら咲く花

ト・ゾンファン

揺れずに咲く花が どこにあろう

この世 どんなに美しい花も

みんな揺れながら 咲いたのに

揺れながら幹を 真っ直ぐ立てたのに

揺れずにゆく恋が どこにあるだろう

濡れずに咲く花が どこにあろう

この世 どんなに輝く花も

みんな濡れながら濡れながら 咲いたのに

風と雨に濡れながら 花びら暖かく咲かせたのに

濡れずにゆく生が どこにあろう

《あなたの心に浮かぶ木の葉》漢陽出版

사랑

김용택

당신과 헤어지고 보낸
지난 몇 개월은
어딘가 마음 둘 데 없이
몹시 괴로운 시간이었습니다.
현실에서 가능할 수 있는 것들을
현실에서 해결하지 못하는 우리 두 마음이
답답했습니다.
허지만 지금은
당신의 입장으로 돌아가
생각해보고 있습니다.
받아들일 건 받아들이고
잊을 것은 잊어야겠지요.
그래도 마음속의 아픔은
어찌하지 못합니다.
계절이 옮겨가고 있듯이
제 마음도 어디론가 옮겨가기를
바라고 있습니다.

추운 겨울의 끝에서 희망의 파란 봄이

愛

キム・ヨンテック

あなたと別れて過ごした
過ぎた何ヵ月は
なんだかそわついて
とてもつらかったです。
現実で可能なことを
現実で解決できない 私たちの二つの心が
胸苦しかったです。
でも 今は
あなたの立場になり
考えてみています。
受けるべきことは受け入れ
忘れるべきことは忘れなければ。
それでも心の痛みは
どうすることもできません。
季節が移り変わるように
私の心もどこか移っていくことを
願っています。

寒い冬の終りに 希望の蒼い春が

우리 몰래 우리 세상에 오듯이
우리들의 보리들이 새파래지고
어디선가 또
새 풀들이 돋겠지요.
이제 생각해 보면
당신도 이 세상의 하고많은 사람들 중의
한 사람이었습니다.

당신을 잊으려 노력한
지난 몇 개월 동안
아픔은 컸으나
참된 아픔으로
세상이 더 넓어져
세상만사가 다 보이고
사람들의 몸짓 하나하나가 다 이뻐 보이고
소중하게 다가오며
내가 많이도
세상을 살아낸
어른이 된 것 같습니다.

こっそり我が世に来るように
我らの麦が真っ青になり
どこかでまた
新しい草が芽生えるでしょう。
今考えると
あなたもこの世の数多い人々の中
一人でした。

あなたを忘れようと努力した
過ぎた何ヵ月の間
痛みは大きくても
真の痛みで
世の中がもっと広がり
世の中が見えすぎ
人々の身振り一つ一つすべて美しく見えて
大切に近寄り
私が長くも
世を生きて
大人になったようです。

내 안의 풍경 _ 강인옥

당신과 만남으로 하여
세상에 벌어지는 일들이 모두 나와 무관하지 않다는 것을
이 세상에 태어난 것을
고맙게 배웠습니다.
당신의 마음을 애틋이 사랑하듯
사람 사는 세상을 사랑합니다.

길가에 풀꽃 하나만 봐도
당신으로 이어지던 날들과
당신의 어깨에
내 머리를 얹은 어느 날

あなたとの出会いで
世に起こることが全部 私とは無関係ではないことを
この世に生まれたことを
ありがたく習いました。
あなたの心を哀切に愛するように
人が生きるこの世を愛します。

道ばたの草花一本見ても
あなたを思い浮かべた日々と
あなたの肩に
私の頭をのせたある日
穏やかな海に沈む太陽と一緒に
我ら二人は真に幸せでした。

この春は別々の春でしょう。
でも全部私の祖国山川の苦しい
春です。
幸せをお祈りします。

《あなた 憚れない恋》青い森

잔잔한 바다로 지는 해와 함께
우리 둘인 참 좋았습니다.

이 봄은 따로따로 봄이겠지요.
그러나 다 내 조국 산천의 아픈
한 봄입니다.
행복하시길 빕니다.

《그대 거침없는 사랑》 푸른숲

내 안의 풍경 _ 강인옥

우리가 물이 되어

강은교

우리가 물이 되어 만난다면
가문 어느 집에선들 좋아하지 않으랴.
우리가 키 큰 나무와 함께 서서
우르르 우르르 비오는 소리로 흐른다면.

흐르고 흘러서 저물녘엔
저 혼자 깊어지는 강물에 누워
죽은 나무뿌리를 적시기도 한다면.
아아, 아직 처녀인
부끄러운 바다에 닿는다면.

그러나 지금 우리는
불로 만나려 한다.
벌써 숯이 된 뼈 하나가
세상에 불타는 것들을 쓰다듬고 있나니

만 리 밖에서 기다리는 그대여
저 불 지난 뒤에
흐르는 물로 만나자.

我ら 水になり

カン・ウンギョ

我ら 水になって会ったら
干ばつのどの家だって好きだろう。
我ら 背の高い木と一緒に立ち
ざあざあ 雨の降る音で流れたら。

流れ流れて 日暮れの時には
進んで深まる川水に横たわり
死んだ木の根 濡れもすれば。
あぁ、まだ処女の
恥ずかしい海につけば。

しかし 今我ら
火で会おうとする。
すでに炭になった 骨一本
世の中 燃える物たちをなでているのに

万里離れた所で 待っている君よ
あの火 去った後
流れる水で会おう。

푸시시 푸시시 불 꺼지는 소리로 말하면서
올 때는 인적 그친
넓고 깨끗한 하늘로 오라.

《풀잎》 민음사

ジュッジュッ 火の消える声で言いながら
来るときは 人跡の絶えた
広くて清らかな空に来い。

《草葉》民音社

커피 칸타타

유안진

꿈도 없고 뉘우침도 없고
잠까지도 없는 하루의 끝에서
마지막 한 걸음 떼어놓다 말고
한 번이라도 뒤돌아보게 될까 봐 한 잔을 마시고
눈 딱 감고 뛰어내리려고 또 한잔을 마시고
거기 정말로 잠이 있나 확인하려고 한 잔을 더 마시고
잠 속으로 돌진할 마지막 준비로
머그잔 절반을 커피가루로
나머지 절반은 냉수로 채우지
캄캄한 잔속에 풍덩 뛰어들면
케냐 에콰도르 에티오피아의 어느
커피 농장으로 직행하게 되지
너무 빨리 달려가서
뜨는 해가 지는 줄도 모른 채
까맣게 새까맣게 잠이 되고 말지
까만 손톱으로 커피원두를 따는
작고 깡마른 소녀가 되지
가지마다 닥지닥지 매달린 동그란
원두열매가 되어버리지

《거짓말로 참말하기》 천년의시작

コーヒーカンタータ

ユ・アンジン

夢もなく 悔いもなく

眠りまでもない 一日の終りに

最後の一歩 踏みかけ

一瞬の振り替えりも恐れて 一杯を飲み

目をキュッと閉じ 飛び降りようと また一杯を飲み

そこに真の眠りがあるのか 確認しようと 更にもう一杯を飲み

眠りの中に突進する 最後の準備で

マグカップ半分 コーヒー粉で

残りの半分 冷水で満たす

真っ暗なカップに ドブンと飛込むと

ケニア エクアドル エチオピアにある

コーヒー農場 直行することになる

あまりにも早く 走りすぎて

昇る日が 暮れるのも知らずに

暗く 真っ暗に眠りにつく

黒い爪で コーヒー豆をもぎ取る

小ちゃくてほっそり痩せた 少女になる

枝ごとに ベタベタぶら下がった 丸い

コーヒー豆になっちまう

《嘘で真実を話す》千年の始まり

밤 편지

김남조

편지를 쓰게 해다오.

이날의 할 말을 마치고
늦도록 거르지 않는
독백의 연습도 마친 다음
날마다 한 구절씩
깊은 밤엔 편지를 쓰게 해다오.

밤 기도에
이슬 내리는 적멸寂滅을
촛불 빛에 풀리는
나직이 연습한 악곡樂曲들을
겨울 침상에 적시게 해다오.
새벽을 낳으면서 죽어가는 밤들을
가슴 저려 가슴 저려
사랑하게 해다오.

세월이 깊을수록
삶의 달갑고 절실함도 더해
젊어선 가슴으로 소리 내고

夜の手紙

キム・ナムゾ

手紙を書かせてくれ。

この日の言い分を終えて
遅くまで欠かせない
独白の練習も終えたあと
毎日1節ずつ
深夜には手紙を書かせてくれ。

夜の祈りに
露降りる寂滅を
ろうそくの光でとろける
低めて練習した樂曲たちを
冬の枕上に浸してくれ。
夜明けを産みながら死ぬ夜たちを
胸苦しく 胸苦しく
愛させてくれ。

時が深いほど
生の感謝と切実さ 加えて
若いときは胸で声出し

이 시절 골수에서 말하게 되는 길
고쳐 못 쓸 유언처럼
기록하게 해다오.
날마다 사랑함은
날마다 죽는 일임을
이 또한 적어 두게 해다오.

눈 오는 날에 눈발을 섞여
바람 부는 날엔 바람결에 실려
땅 끝까지 돌아서 오는
영혼의 밤외출도
후련히 털어놓게 해다오.

어느 날 밤은
나의 편지도 끝날이 되겠거니
가장 먼
별 하나의 빛남으로
종지부를 찍게 해다오.

《눈물과 땀과 향유》

この時節 骨髄から話せる道
書き直せられない遺言みたいに
記録させてくれ。
日ごとに恋することは
日ごとに死ぬことであると
これもまた書かせてくれ。

雪の日には雪にまぜられ
風の日には風にのせられ
地の果てまで回ってくる
霊魂の夜の外出も
さっぱり打ち明けらせてくれ。

ある日の夜は
私の手紙も最後の日に
もっとも遠い
星一つの輝きで
終止符を打たせてくれ。

《涙と汗と亨有》

눈물

김현승

더러는
옥토沃土에 떨어지는 작은 생명이고져······

흠도 티도,
금가지 않은
나의 전체는 오직 이뿐!

더욱 값진 것으로
드리라 하올 제,

나의 가장 나중 지닌 것도 오직 이뿐!

아름다운 나무의 꽃이 시듦을 보시고
열매를 맺게 하신 당신은

나의 웃음을 만드신 후에
새로이 나의 눈물을 지어 주시다.

《김현승시전집》도서출판 샘터

涙

キム・ヒョンスン

たまには
沃土に落ちる小さな命になりたい……

傷も非も、
ひび割れもない
私のすべてはただこれ!

一層めぼしいものを
差し上げ、と

私の最後に持つのもただこれ!

美しい木の花が萎れるのを見て
実のらせたあなたは

私の笑顔を作った後
改めて私の涙を作ってくれました。

《キム・ヒョンスン詩全集》図書出版セムト

별

정진규

별들의 바탕은 어둠이 마땅하다
대낮에는 보이지 않는다
지금 대낮인 사람들은
별들이 보이지 않는다
지금 어둠인 사람들에게만
별들이 보인다
지금 어둠인 사람들만
별들을 낳을 수 있다

지금 대낮인 사람들은 어둡다

《별들의 바탕은 어둠이 마땅하다》 문학세계사

그대 위해서라면 _ 임성숙

星

ジョン・ジンギュ

星の根本は闇で当然だ

真昼には見えない

今 真昼な人々は

星が見えない

今 闇な人々にだけ

星が見える

今 闇な人々だけ

星を埋める

今 真昼な人々は闇だ

《星の根本は闇で当然だ》文学世界社

연탄 한 장

안도현

또 다른 말도 많고 많지만
삶이란
나 아닌 그 누구에게
기꺼이 연탄 한 장이 되는 것

방구들 선득선득해지는 날부터 이듬해 봄까지
조선팔도 거리에서 제일 아름다운 것은
연탄차가 부릉부릉
힘쓰며 언덕길 오르는 거라네
해야 할 일이 무엇인가를 알고 있다는 듯이
연탄은, 일단 제 몸에 불이 옮겨 붙었다 하면
하염없이 뜨거워지는 것
매일 따스한 밥과 국물 퍼먹으면서도 몰랐네
온 몸으로 사랑하고 나면
한 덩이 재로 쓸쓸하게 남는 게 두려워
여태껏 나는 그 누구에게 연탄 한 장도 되지 못하였네

생각하면
삶이란

練炭一枚

アン・ドヒョン

他に話しも多いが
生とは
私ではない その誰かに
喜んで練炭一枚になること

オンドル ひやびやする日から 翌年の春まで
朝鮮八道の街で 一番美しいのは
練炭車 ぶるんぶるん
急な坂道 登るんだって
やるべきことが 何か 知っているかのように
練炭は、いったん自分の身に火が付いたら
止めどもなく 熱くなること
毎日暖かいご飯とお汁 ガツガツ食いながらも知ら
なかった
全身で恋し
一塊の灰に 侘しく残るのが怖くて
今まで私は その誰かの練炭一枚もなれなかった

思えば

나를 산산이 으깨는 일

눈 내려 세상이 미끄러운 어느 이른 아침에

나 아닌 그 누가 마음 놓고 걸어갈

그 길을 만들 줄도 몰랐었네, 나는

《외롭고 높고 쓸쓸한》 문학동네

生とは

私を散々に潰すこと
雪降って世の中が 滑りやすい道になった ある早朝に
私ではない その誰かが気楽に歩ける
その道作りを知らなかった、私は

《寂しくて高くて侘しい》文学町

밥값

정호승

어머니
아무래도 제가 지옥에 한번 다녀오겠습니다
아무리 멀어도
아침에 출근하듯이 갔다가
저녁에 퇴근하듯이 다녀오겠습니다
식사 거르지 마시고 꼭꼭 씹어서 잡수시고
외출하실 때는 가스불 꼭 잠그시고
너무 염려하지는 마세요
지옥도 사람 사는 곳이겠지요
지금이라도 밥값을 하러 지옥에 가면
비로소 제가 인간이 될 수 있을 겁니다

《밥값》 창비

가난한 예술인의 마을에 내리는 눈 _ 이광택

食いぶち

チョン・ホスン

お母さん

どうやら私 地獄に一回行ってきます

いくら遠くても

朝 出勤するように行き

夜 退勤するように帰ってきます

食事は欠かさずに しっかり噛んで召し上がり

外出するときは ガス栓をとめてね

あまり案じないでください

地獄も 人が住めるところでしょう

今でも食いぶちを稼ぎに 地獄に行ったら

やっと私 人間になれるでしょう

《食いぶち》創批

가을 江

김명인

살아서 마주 보는 일조차 부끄러워도 이 시절
저 불 같은 여름을 걷어 서늘한 사랑으로
가을 강물 되어 소리 죽여 흐르기로 하자
지나온 곳 아직도 천둥치는 벌판 속 서서 우는 꽃
달빛 난장亂杖 산굽이 돌아 저기 저 벼랑
폭포 지며 부서지는 우레 소리 들린다
없는 사람 죽어서 불 밝힌 형형한 하늘 아래로
흘러가면 그 별빛에도 오래 젖게 되나니
살아서 마주잡는 손 떨려도 이 가을
끊을 수 없는 강물 하나로 흐르기로 하자
더욱 모진 날 온다 해도

《머나먼 곳 스와니》 문학과지성사

秋の江

キム・ミョンイン

生きて向き合うことさえ 恥ずかしくても この時節

あの真っ赤な夏を 取りのけて 涼しい恋で

秋の江水になって 鳴りを静めて 流れることにしよう

過ぎ去たところ まだ雷鳴る野原に立って 泣く花

月光の亂杖山を 曲りくねて あそこにあの崖

滝落ちて砕ける 雷の音が聞こえる

貧しい人 死んで照らした 光輝く空の下に

流されたら その星明かりにも 長く濡れる

生きて取り合う 手震えても この秋

たち切れない 江水一つで 流れることにしよう

もっと酷い日が 来るとしても

《遥かに遠いところスワニ》文学と知性社

허심 _ 강순자

작약 _ 김지순

우체부 아저씨 _ 정원용

어린시절 마을풍경 _ 이광택

3부

그리움 돼 있겠지요
恋しさになっているでしょう

아내

공광규

아내를 들어 올리는데
마른 풀단처럼 가볍다

수컷인 내가
여기저기 사냥터로 끌고 다녔고
새끼 두 마리가 몸을 찢고 나와
꿰맨 적이 있다

먹이를 구하다가 지치고 병든
컹컹 우는 암사자를 업고
병원으로 뛰는데

누가 속을 파먹었는지
헌 가죽부대처럼 가볍다.

《말똥 한 덩이》 실천문학사

女房

コン・グァンギュ

女房を持ち上げたら
乾いた草束のように軽い

雄の私が
あちこち狩場に引き回し
子二匹が体を破り出て
縫ったことがある

餌を探して疲れて病んだ
ワンワン泣く雌の獅子を背負って
病院に走るが

誰か中を食いついたのか
古びた皮袋のように軽い

《馬糞一塊》実践文学社

한 잔의 커피

용혜원

하루에
한 잔의 커피처럼
허락되는 삶을
향내를 음미하며 살고픈 데
지나고 나면
어느새 마셔버린 쓸쓸함이 있다

어느 날인가
빈 잔으로 준비될
떠남의 시간이 오겠지만
목마름에
늘 갈증이 남는다

인생에 있어
하루하루가
터져 오르는 꽃망울처럼
얼마나 고귀한 시간들인가

오늘도 김 오르는 한 잔의 커피로

一杯のコーヒー

ヨン・ヘウォン

一日に
一杯のコーヒーみたいに
許される生を
香りを吟味しながら生きたいが
過ぎ去ったら
もう飲んでしまった寂しさがある

いつの日か
空きカップで準備される
別れの時間が来るが
渇望で
いつも喉が渇く

人生において
一日一日が
弾けるつぼみのように
どんなに高貴な時間だろう

今日も湯気の立つ一杯のコーヒーで

우리들의 이야기를

뜨겁게 마시며 살고 싶다

《이 세상에 그대만큼 사랑하고픈 사람 있을까2》 책만드는집

我らの物語を
熱く飲み干して生きていきたい

《この世にあなたほど愛したい人がいるのか2》本を造る家

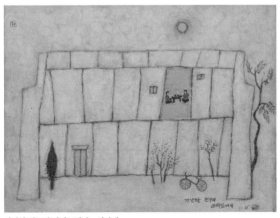

가난한 친구의 아파트에서 _ 이광택

엉겅퀴꽃 아버지

김수우

밤새워 소주를 마셔도 당신은 젖지 않는다 이미 세상
의 빗물에 취해 버린 이마와 가슴, 봉창을 닮았다 아니
밤새 헤아려 놓은 희망으로 얼룩진 새벽 봉창이다

문지방엔 당신이 밟아 넘어뜨린 근심이 더께졌다 삼킨
울음은 뭉그러진 못대가리로 박혀 빛난다 벗은 영혼은
못 쓰는 타자기처럼 뻑뻑하지만 글쇠 몇 개 언제나 굳
건히 일어선다.

그런 당신의 옹이에 나는 옷을 건다 무거운 코트를 제
일 먼저 건다

진통제처럼 떠있는 새벽달을 먹고 당신은 기침을 쏟는
다 기침마다 헐은 아침이 묻어나온다 헌 구두짝에 담
긴 하루를 신고 당신이 걷는 길은 손등에서 쇳빛 혈관
으로 툭툭 불거지는데

당신의 방 앞에서 매일 꽃피는 붉은 엉겅퀴

《당신의 옹이에 옷을 건다》 시와시학사

88

アザミ お父さん

キム・スウ

焼酎を飲み明かしてもあなたは濡れない すでに世の雨水
に酔っぱらった額と胸、封窓に似ている イヤ、夜通しに
考えた希望で染み付いた夜明けの封窓だ

敷居にはあなたが踏み倒した懸念が深まった 飲み込んだ
涙は崩れ壊れた釘の頭で打たれて輝く 巣裸の魂は使えな
いタイプのように固いが、キーボード何個はいつも堅固
に立つ。

そんなあなたの節に私を服をかける 重たいコート先にか
ける

鎮痛剤のように浮かんでる残月を食べてあなたは咳をす
る 咳をするたびにただれた朝が滲んだ 古い靴にこもっ
た一日を履いて歩むあなたの道は、手の甲に鉄色の血管
にごつごつと筋張るのに

あなたの部屋の前で毎日花咲く赤いアザミ

《あなたの節に服をかける》詩と詩学社

비누

임영조

이 시대의 희한한 성자聖者,
친수성 체질인 그는
성품이 워낙 미끄럽고 쾌활해
누구와도 군말 없이 친했다.

아무런 대가도 없이
온 몸을 풀어 우리 죄를 사하듯
더러운 손을 씻어 주었다.
밖에서 묻혀오는 온갖 불순을
잊고 싶은 기억을 지워 주었다.

그는 성역도 잊고 거리로 나와
냄새나는 주인을 성토하거나
얼룩진 과거를 청산하라고
외치지도 않았다, 다만
우리들의 가장 부끄러운 곳
숨겨온 약점을 말없이 닦아 줄 뿐
비밀은 결코 발설하지 않았다.

せっけん

イム・ヨンぞ

この時代 稀有な聖者、
親水性体質の彼は
人柄が滑らかで快活だから
誰とも無駄口なく親しかった。

なんの代価もなく
全身を溶かし 我らの罪滅ぼしに
汚れた手を洗ってくれた。
この世から付けてくる あらゆる不純を
忘れたい記憶を消してくれた。

彼は聖域も忘れ 町に出て
臭う主人を糾弾したり
斑になった過去を清算しろと
叫んだりもしなかった、ただ
我らの一番恥ずかしいところ
隠してきた弱点 無口で拭いてくれただけ
秘密は決して漏らさなかった。

살면 살수록 때가 타는 세상에

뒤끝이 깨끗한 소모消耗는

언제나 아름답고 아쉽듯

헌신적인 보혈로 생을 마치는

이 시대의 희한한 성자聖者,

나는 오늘

그에게 안수를 받듯

손발을 씻고 세수를 하고

속죄를 하는 기분으로 몸을 씻었다.

《갈대는 배후가 없다》 세계사

生きれば生きるほど 垢がつく世の中
さっぱりした後始末の消耗は
いつもきれいで物足りなく
献身的な補血で生を終える
この時代 稀有な聖者、

私は今日
彼に按手を受けるように
手足を洗い顔を洗い
購う気持で体を洗う。

《葦は背後がない》世界社

가질 수 없는 건 상처랬죠

신현림

가질 수 없는 건 상처랬죠?
닿지 않는 하늘
닿지 않는 사랑
방 두 칸짜리 집

절망의 아들인 포기가 가장 편하겠죠
아니, 그냥 흘러가는 거죠
뼈처럼 하얀 구름이 되는 거죠

가다보면 흰 구름이 진흙더미가 되기도 하고
흰 구름이 배가 되어 풍랑을 만나
흰 구름 외투를 입고
길가에 쓰러진 나를 발견하겠죠

나는 나를 깨워 가질 수 없는데
"내가 나를 가질 수 없는데
내 것이 아닌 것을 가져서 뭐 하냐"고요

《해질녘에 아픈 사람》 민음사

手に入らないのは傷でしょう

シン・ヒョンリム

手に入らないのは傷でしょう？
届かない空
届かない愛
二つ部屋の家

絶望の息子 諦めが一番便利でしょう
イヤ、ただ流れて行くでしょう
骨のように白い雲になるでしょう

行けば白雲 土盛りになったり
白雲 船になって 風浪にもまれ
白雲がオーバーを着て
道ばたに倒れた私を見つけるでしょう

私は私を覚まして所有できないのに
"私は私を所有できないのに
私物でないのを持ってどうするの"って

《夕暮れに痛んだ人》民音社

김치

이소리

넌 나 없으면 안달을 한다

술 마실 때나 밥 먹을 때나

넌 늘 나 찾는다

넌 나만 보면 마구 달겨들어

이리저리 주무르고 사정없이 죽죽 찢지만

나 아야 소리 한번 내지르지 않고

네 뜨거운 입술에 매콤한 내 몸 맡긴다

내 몸 샅샅이 핥는 네 혀

내 몸 잘근잘근 깨무는 네 어금니

마침내 넌 달콤한 웃음 띄우며

나 꾸울꺽 삼킨다

그리하여 나 네 몸이 되지만

넌 이 새 낀 고춧가루 보기 싫다고

날카로운 이쑤시개로 내 그림자 마구 쑤셔

저만치 퉤퉤 내뱉어 버린다

아아, 밑도 끝도 없이 씹히는 나날

나는 살아있다

《사람이 향기로운 것은 사랑 때문이다》 이룸나무

キムチ

イ・ソリ

君は私がいないと 気をもむ

酒を飲むときや ご飯を食べるとき

君はいつも 私を探す

君は私を見たら やたらに駆け寄って

勝手に扱って 容赦なくバリバリ裂けるが

私 痛いと一声も出さずに

君の熱い唇に 辛い私の体を預ける

私の体中 なめる君の舌

私の体 クチャクチャ噛む君の奥歯

ついに君は 甘い笑顔を浮かべて

私 ぐいっと飲み込む

そうして私 君の体になるが

君 歯間に詰まった 唐辛子粉が見たくないと

尖った楊枝で 私の陰 めったにせせり

あそこ辺りに ぺっぺっ吐き出して捨てる

あぁ、理由もなく噛まれる日々

私は生きている

《人の香ばしいさは 恋のおかげ》イルムナム

새들의 하늘

원재훈

사람들이 보기에
우리들은 저렇게 평화스럽게 보이나봐
우리가 서로 처절한 삶의 구름 속으로 들어갈 때
지상에서 보기엔 우리가 마치 구름이라도 되는 듯
그렇게 보이나봐
그러나 우리의 깃털은
처절하게 날기 위해 땀으로 얼룩진 핏덩어리인 것을
우리의 비행은 단지 날기 위해 살기 위해
퍼덕거리는 삶의 일부인 것을
우리들의 하늘은 악다구니 치는 전쟁터인 것을

《그리운 102》 문학과 지성사

견우와 직녀새 _ 정우주

鳥の空

ウォン・ゼフン

人間が見たら

我らはあんなに 平和に見えるらしい

我らがお互い 凄絶な生の雲の中に入るとき

地上で見たら 我らがまるで雲のように

そう見えるらしい

しかし 我らの羽は

凄絶に飛ぶために 汗で滲んだ血の塊と

我らの飛行は ただ飛ぶために生きるため

羽ばたく 生の一部で

我らの空は 罵る戦場

《懐かしい102》文学と知性社

에티오피아 소녀의 입술이 두툼한 이유

차주일

입술이 커피에 닿자 흑인영가 들려온다
태초의 색으로 태어난 사람만이 부를 수 있는 하얀노래
신이 원치 않았던 유일한 리듬을 냄새 맡는다
탁자 위 아메리카노 커피가 김으로 만든 채찍을 휘두
른다
허공을 몇 굽이 휘감았던 채찍이 니그로를 휘감는다
몸통에 피의 음표 맺히고 한 소절을 넘는다
백인의 총구 앞에 선 형제가 형제에게 채찍질하는 동안
검은 영혼은 같은 음계에서 흔들리고 있다
서둘러 커피콩을 따는 소년의 손이 한 소녀의 동공에서
떨린다
하얀 이빨로 검은 입술 깨무는 소녀여
사람이 낼 수 없는 향기로 흐느끼지 말아다오
이빨 자국으로 스민 눈물로 두툼해지는 네 입술 따라
커피콩이 여문다
눈물의 향으로 채색되는 이 에티오피아 고원에서
너희는 키스하며 흔들리는 검은 영혼을 눈물로 염장하
고 있다
서로의 등에 새겨진 악보를 더듬어 노래 부르고 있다

エチオピア少女の唇が厚ぼったい理由

チャ・ジュイル

唇がコーヒーに振れると黒人霊歌が聞こえてくる

太初の色で生まれた人だけが歌える白い歌

神様が望まなかった唯一のリズムを嗅ぐ

テーブル上アメリカノの湯気が鞭を振るう

虚空を何回も舞い上がった鞭がニグロを絡む

胴体に血の音符がにじんで一小節を超える

白人の銃口に立たれた兄弟同士で鞭打つ間

黒い魂は同じ音階で揺れていた

急いでコーヒー豆をもぎ取る少年の手がある少女の瞳
で震える

白い歯で黒い唇噛む少女よ

人が出せない香りですすり泣かないで

歯跡に滲んだ涙で厚ぼったい君の唇につれコーヒー豆
が実る

涙の香りで彩るこのエチオピア高原で

君らはキスして揺れる黒い魂を涙で塩蔵している

互いの背中に刻んだ楽譜を探り歌っている

黒い遺伝子で色付けられた涙飲む私よ

震える手で幼年を過ごした少年のように目を閉じて

검은 유전자로 착색된 눈물을 마시는 나여

떨리는 손으로 유년을 건넌 소년처럼 눈감고 보아라

커피콩을 따듯 내 입술에서 손 떠는 한 방울의 검은 소
녀를

《냄새의 소유권》 천년의시작

見ろ

コーヒー豆をもぎ取るよう 私の唇で手を振るえる 一滴
の黒い少女を

《臭みの所有権》千年の始まり

손님

김지혜

노크도 없이 들어왔네

없는 문을 열고 들어온 이여

없는 문을 열고 들어와 어느 날 문득

내 마음속 한복판에 드러누운 이여

두 손 곱게 모으고 수장水葬된 성처녀처럼

미동 없이 슬픔만 가득한 이여

잠들 데가 없어 오셨는가

앓을 데가 없어 오셨는가

일러준 일 없는 나의 문

나조차 열어본 적 없는 문

그 문을 당신이 열었네

백百의 고통과 천 千의 슬픔이

만萬의 침묵을 열어젖혔으니

그대여, 당신이 나의 주인이었네

《사람이 향기로운 것은 사랑 때문이다》 이룸나무

お客様

キム・ジヘ

ノックもなしに 入ってきたね

無い戸を開いて 入った人よ

無い戸を開いて 入った ある日 ふと

私の心の真ん中に 横たわった人よ

両手きれいに合わせ 水葬された聖処女のように

微動もなく 悲し気で満ちている人よ

眠れる場所がなくて来たのか

患う場所がなくて来たのか

教えたことのない私の戸

私さえ開いたことのない戸

その戸をあなたが開いた

百の苦痛 千の悲しみが

萬の沈黙 開け放したから

君よ、あなたが私の主人だったね

《人の香ばしさは恋のおかげ》イルムナム

사람 사는 일

이수종

사람 사는 거,
그거 별거 아니다,

개불알꽃이나
며느리밑씻개 같은 이름
얻지 않으면 되는 일이다

이름 석 자,
민망한 이름으로 기억되지 않으면
되는 일이다

《시간여행》비전출판사

人の生きること

イ・スゾン

人の生きること、
それ 大したことではない、

アツモリソウや
ママコノシリヌグイみたいな名前
得なければ済むことだ

名前 三文字、
不憫な名前で記憶されなければ
済むことだ

《時間旅行》ビジョン出版社

희망

고산돌

그 흔한
약속도 없이 헤어졌지만
눈뜨면 어김없이
창가
어둠 여미고 서있는
사르지 못한 것들에 불씨
가없이 뜨거운
네 바람을
오늘은
꼭 안아줘야지

《사람이 향기로운 것은 사랑 때문이다》 이룸나무

希望

コ・サンドル

추억에 남는 공간 _ 송중덕

有り触れた

約束もなく別れたが

目を覚めると決って

窓辺

闇を中に立っている

燃やせられなかった火種

果てしなく熱い

君の望みを

今日は

ギュッと抱いてあげよう

《人の香ばしいさは恋のおかげ》イルムナム

희망을 찾아 떠나는 화가 _ 이광택

마음속에 그린 가족도 _ 이광택

늦가을 효자동 모임 _ 이광태

재능을 기부해 주신 아름다운 동행 시인들

강은교, 김남조, 김명인, 김소월, 김수영, 김수우, 김용택, 김지혜, 김춘수,
김현승, 고산돌, 고정희, 공광규, 나희덕, 노천명, 도종환, 박인환, 신현림,
안도현, 이소리, 이수종, 이형기, 임영조, 용혜원, 유안진, 윤동주, 원재훈,
정지용, 정진규, 정호승, 차주일, 천상병

강은교 : 1945년 함경남도 홍원 출생. 1968년 〈사상계〉에 '순례자의 잠'외 2편을 발표하
고 신인문학상으로 등단. 첫시집 ≪허무집≫외 총 65종의 저서를 출간했다. 한국문학
작가상, 김소월상, 정지용문학상 등 다수의 상을 수상했다.

김남조 : 1927년 경상북도 대구 출생. 〈연합신문〉, 〈서울대 시보〉, 〈사대신문〉 등에 작품
을 발표하며 데뷔했다. 시집 《목숨》이후 16권의 시집과 다수의 저서를 출간했다. 국민
훈장모란장과 은관문화훈장 등 다수의 상을 수상했다.

김명인 : 1946년 경북 울진 출생. 1973년 〈중앙일보〉 신춘문예 당선. 시집으로 《동두천,
1979》, 《따뜻한 적막, 2006》외 다수가 있다. 김달진문학상, 소월시문학상, 동서문학상,
현대문학상, 이형기문학상 등 다수의 상을 수상했다.

김소월 : 1902년 평북 구성 출생~1935년. 본명은 정식. 1920년 〈창조〉에 '낭인의 봄' 등
으로 등단. 시집《진달래꽃, 1925년》발표. 금관문화훈장 추서. 한국예술평론가협의회 선
정 20세기를 빛낸 한국의 예술인으로 선정됐다.

김수영 : 1921년 서울 출생~1968년. 시 '묘정의 노래'를 〈예술부락〉에 발표하며 등단. 첫
시집《달나라의 장난》외 다수의 저서를 발표 했다. 한국시인협회상, 한국예술평론가협
의회 20세기를 빛낸 한국의 예술인 선정. 금관문화훈장이 추서됐다.

김수우 : 1969년 부산 영도 출생. 1995년 〈시와시학〉 신인상으로 등단. 시집 《길의 길》,
《당신의 옹이에 옷을 건다》외 다수와 사진에세이집 《하늘이 보이는 쪽창》외 다수. 산문
집《백년어》외 다수를 발표 했다.

김용택 : 1948년 전북 임실 출생. 1982년 〈창작과비평사〉에서 펴낸 '21인 신작 시집' 《꺼지지 않는 햇불로》에 '섬진강' 외 8편을 발표하며 데뷔. 시집 《섬진강》외 다수를 발표하고 김수영문학상. 소월시문학상 등을 수상했다.

김지혜 : 1976년 서울 출생. 2001년 〈동아일보〉 신춘문예에 '이층에서 본 거리'로 당선되어 등단. 시집으로 《오 그자가 입을 벌리면》이 있다.

김춘수 : 1922년 경남 통영 출생~2004년. 1946년 시화집 〈애가〉에 등단. 첫 시집 《구름과 장미》외 《사갈의 마을에 내리는 눈》, 《시의 표정》등의 저서를 발표했다. 은관문화훈장. 한국시인협회상. 인촌상 등을 수상했다.

김현승 : 1913년 평안남도 평양 출생~1975년. 1934년 〈동아일보〉에 시 '쓸쓸한 겨울저녁이 올 때 당신들'로 등단. 시집으로 《김현승 시초》외 다수의 저서를 발표. 서울특별시문화상. 제1회 전라남도 문화상 등을 수상하였다.

고산돌 : 강원도 춘천 출생. 빈곤아동 후원을 목적으로 〈나눔문학촌〉을 운영중이다. 나눔시집을 통해 초록우산 어린이재단을 후원하고 있다. 현 (사)한국작가회의 회원으로 일간문예뉴스 「문학in」 총괄본부장을 맡고 있다. 나눔시선집 《사람이 향기로운 것은 사람 때문이다》, 〈뜨거운 향기 바람에 덜어내며〉를 발표했다.

고정희 : 1948년 전남 해남 출생~1991년. 1975년 〈현대시학〉의 추천을 받아 등단. 〈목요시〉 동인으로 오월 시인으로 활동하였다. 시집《아름다운 사람하나. 1991》외 다수를 발표하고 1983년 대한민국 문학상을 수상했다.

공광규 : 1960년 서울 출생. 1986년 월간 〈동서문학〉 신인문학상으로 등단. 시집 《소주병》 등을 발표하고 제1회 신라문학대상. 제4회 윤동주상 문학대상. 23회 동국문학상. 제1회 김만중문학상. 제16회 현대불교문학상을 수상했다.

나희덕 : 1966년 충남 논산 출생. 1989년 〈중앙일보〉 신춘문예에 시 '뿌리에게'가 당선되어 등단. 시집 《뿌리에게》외 다수의 저서를 발표하고 김수영문학상. 현대문학상. 이산문학상. 소월시문학상. 조지훈상 등을 수상했다.

노천명 : 1911년 황해도(黃海道) 장연 출생~1957년. 1930년 이화여전 교지 〈이화〉 3호에 시 '고성허(古城虛)에서'등을 발표. 시집 《산호림》, 《창변窓邊》, 《별을 쳐다보며》를 발표했다. 유고 시집 《사슴의 노래》가 있다.

도종환 : 1955년 충북 청주 출생. 1984년 동인지 〈분단시대〉에 '고두미 마을에서' 등 5편의 시를, 1985년 〈실천문학〉에 '마늘밭에서'를 발표하며 등단했다. 시집《접시꽃 당신》외 다수를 발표. 백석문학상 등 다수의 상을 수상했다.

박인환 : 1926년 강원도 인제 출생~1956년. 1946년 〈국제신보〉에 '거리'를 발표하면서

문단에 등단. 시집 《박인환 선시집. 1955》을 발표했다. 대표작으로 '목마와 숙녀', '세월이 가면' 등이 있다.

신현림 : 경기도 의왕 출생. 1990년 〈현대시학〉에 '초록말을 타고 문득' 외 9편을 발표하면서 등단했다. 《해질녘에 아픈 사람》외 다수의 저서를 발표했다. 동시집 《초코파이 자전거》가 초등학교 교과서에 실렸고 〈사과밭 사진관〉 등의 사진전을 열었다.

안도현 : 1961년 경북 예천 출생. 1984년 〈동아일보〉 신춘문예 당선. 《서울로 가는 전봉준》외 다수의 시집과 동화를 발표. 시와시학상 젊은 시인상, 소월시문학상 대상, 노작문학상, 이수문학상, 윤동주문학상 문학부문을 수상했다.

이소리 : 1959년 경남 창원 출생. 1980년 월간 〈씨알의소리〉에 '개마고원' '13월의 바다' 등 3편으로 등단. 시집 《노동의 불꽃으로》외 3편, 장편소설 《미륵 딸》등이 있다. 현재 일간문예뉴스 〈문학in〉 대표를 맡고 있다.

이수종 : 충남 논산 출생. 시 '능소화' 등으로 〈창조문학신문사〉 신인문학상 을 수상하고 등단. 시집 《시간여행》발표. (사)녹색문단 베스트작가상, 대한민국 100인 녹색문인 지도자상을 수상했다. 나눔문학상 운영위원으로 참여하고 있다.

이형기 : 1933년 경남 진주 출생〜2005년. 시집으로 《적막강산》, 《낙화》 등과 평론집 《감성의 논리》, 《한국문학의 반성》 등이 있다. 한국문학가협회상, 문교부 문예상, 시인협회상, 대한민국 문학상 등 다수의 상을 수상했다.

임영조 : 1943년 충남 보령 출생〜2003년. 1970년 〈월간문학〉 신인상 수상과 1971년 〈중앙일보〉 신춘문예에 '목수의 노래'가 당선. 시집《바람이 남긴 은어》등을 발표, 현대문학상, 소월시문학상, 보관문화훈장이 추서됐다.

용혜원 : 1952년 서울 출생. 1992년 〈문학과 의식〉을 통해 문단 데뷔. 시집 《용혜원 대표詩 100》등 69권의 시집과 7권의 시선집, 총 152권의 저서가 있다. 한국경제신문사 및 (사)한국강사협회에서 명강사로 선정. 현재 목회자로 활동 중이다.

유안진 : 1941년 경북 안동 출생. 1965년〜1967년 〈현대문학〉3회 추천으로 등단. 첫 시집 《달하》외 다수를 발표. 정지용문학상, 소월문학상 특별상, 월탄문학상, 한국펜문학상, 구상문학상, 한국시인협회상 등 다수의 상을 수상했다.

윤동주 : 1918년 북간도 용정 출생〜1945년. 1939년 〈카톨릭 소년〉에 동시 '병아리 빗자루'를 발표. 유고시집 《하늘과 바람과 별과 시》가 있다. 대한민국 건국훈장 독립장 추서, 20세기를 빛낸 한국의 예술인으로 선정되었다.

원재훈 : 1961년 서울 출생. 1988년 〈세계의 문학〉 겨울 호에 시 '공룡시대' 등을 발

표했다. 시집 《그리운 102》, 《딸기》, 장편소설《바다와 커피》등과산문집 《나는 오직 책 읽고 글 쓰는 동안만 행복했다》 등을 펴냈다.

정지용 : 1902년 충북 옥천 출생~?. 1926년 〈학조〉에 '카페 프랑스', '슬픈 인상화' 등을 발표하면서 등단. 시집 《정지용시집 1935년》, 《백록담, 1941년》, 《지용시선 ,1946년》 등 을 발표했다.

정진규 : 1939년 경기도 안성 출생. 1960년 '나팔서정'으로 〈동아일보〉 신춘문예 당선. 시집 《마른 수수깡의 평화》, 《몸시》 등 다수의 저서를 발표. 한국시인협회상, 월탄문학 상, 현대시학작품상, 이상시문학상 등 다수를 수상했다.

정호승 : 1950년 대구광역시 출생. 〈한국일보〉 신춘문예, 〈대한일보〉 신춘문예 당선, 〈조 선일보〉 신춘문예 당선. 시집 《슬픔이 기쁨에게》외 다수를 발표. 소월시문학상, 동서문 학상, 정지용문학상, 편운문학상 등을 수상했다.

조병화 : 1921년 경기도 안성 출생~2002년. 시집 《버리고 싶은 유산》으로 데뷔. 《편운 재에서의 편지》 등 51권의 시집을 발표. 대한민국문학대상 등 다수의 상을 수상했다. 국 민훈장 모란장과 대한민국 금관문화훈장이 추서되었다.

차주일 : 1961년 전북 무주 출생. 2003년 〈현대문학〉 등단. 시집 《냄새의 소유권》, 공저 《풀잎은 공중에 글을 쓴다》가 있다. 2011년 제6회 윤동주문학상 젊은 작가상을 수상했 다.

천상병 : 1930년 일본 출생~1993년. 1949년 〈문예〉지에 '갈매기'로 등단. 시집 《새》, 《주 막에서》, 《천상병은 천상 시인이다》, 《요놈 요놈 요 이쁜놈》, 《저승가는 데도 여비가 든 다면》을 발표. 은관문화훈장이 추서 되었다.

재능을 기부해 주신 아름다운 동행 화가들

강순자, 강인옥, 김규태, 김병구, 김석영, 김지순, 영 희, 이광택, 임성숙,
정원용, 정우주

강순자(Kang, Soon-Ja) : 〈개인전 4회〉 필리핀국립미술관, 독일카이스트시립 미술
관,인사동 본화랑, 인사동 서울미술관 〈단체전 50여회〉 2012 국내 및 국제 아트페어 참
가 (아산갤러리, 서울, 부산, 북경) 〈현재〉, 한국 미협 회원, 성남 미협 회원, 대한민국 수
채화작가협회 회원, 수원 수채화 협회 이사

강인옥(Kang, In-Ok) : 건국대학교 서양학과 졸업. 2009 무역전시컨벤션센터, 2010
한가람미술관, 2010 삼성코닝전시실 등 개인전 3회와 2010 IN맥갤러리 개관 초대전,
2010 대구 엑스코 아트대구, 2010 대구 국제아트페어 등 다수의 협회전과 단체전에 참
여했다.

김규태(Kim, Kyu-Tae) : 1952년 강원도 임계출신. 1991년 국회의사당 특별초대전,
2004년 세계평화미술대전(중국, 상해), 브라질 30년 전국각지 초대전 다수, 일본 전국각
지 초대전 200여회, 강원도 미술전 특선, 한국미술대상전 동상 등을 수상했다. 현재 미
국 뉴저지에 거주.

김석영(Kim Seok-young): 홍익대학교 서양화과 졸업. 서울 바탕골미술관, 진주 경남
도립문화예술회관 개인전과 2010 "회화의 경계" 김석영 초대전-서울 유나이티드갤러
리, 2011 마이애미아트페어 "Art Asia"전, 2012 서울오픈아트페어(SOAF), 부산국제화랑미
술제(BAMA), 갤러리두 '舞 with 자연'전, 자작나무개러리 '길' 전 등 다수의 공모전 및 단
체전에 참여했다.

김병구(Kim Byeong-gu): 홍익대학교 서양학과 졸업 및 미술대학원 회화과 졸업,
2012 희수갤러리(서울), 2012 서울오픈아트페어(희수갤러리), 2011 희수갤러리(서울) 등의
개인전과 2000년 제19회 대한민국미술대전 "특선"을 수상했다.

김지순(Kim, Ge - Soon) : 개인전3회. 서울(세종문화회관), 필리핀(마닐라국립현대미
술관), 독일(카스트시립미술관) , 2012 국내 및 국제아트페어(아산갤러리, 부산, 북경), 수
채화 협회전(예술의전당), 한일교류전(일본대사관) 등 다수 참가, 2011 제30회 대한민국
미술대전 구상부문 입선, 2009 제26회 경인미술대전 우수상 수상.

송중덕(Song Joong-Duk) : 홍익대학교 서양화과 및 동 대학원 졸업. 동경예술대학 회화과 보존수복학과 객원연구원(2003, 2009), 2011, 2012년 서울오픈아트페어(희수갤러리), 서울 2011, 2009 ,2007 콘린갤러리, 일본 2008~2009 싱가포르 아트페어(선텍21/싱가포르), 서울오픈아트페어(2007), 현재 대구카톨릭대학교 회화과 교수.

영희(Young Hee) : 서양화가. 호남대학교 예술대학졸업. 개인전 18회와 2011~2012년 독일 Art Karlsuhe Art Fair, 이태리 Kunstart Biennial Art Fair, 한국현대미술제(KCAF), 한국국제아트페어(KIAF) 등 국내외 아트페어에 32회 참가했다.

이광택(Lee, Kwang-Taek) : 서양화가. 1961년 강원도 춘천 출생. 서울대학교 미술대학 회화과 졸업. 중국 사천미술학원 유화과 대학원 졸업. 개인전 17회와 서울대학교 개교 50주년 기념전. 예술의전당 화랑미술제. 일본 토야마 국제아트캠프. 한국현대미술제 등 다수의 단체전에 참가했다. 2003년 강원미술상을 수상했다.

임성숙(Rim, Seong-Suk) : 홍익대학교 서양화과 졸업. 2012년 희수갤러리, 2012년 서울오픈아트페어(희수갤러리), 2011년 희수갤러리, 2010년 루벤갤러리 등 다수의 개인전과 아트페어에 참가했다.

정원용(Jung, Won-Yong) : 군산대학교 동대학원 서양화과 졸업. 예술의 전당 한가람 미술관 등에서 개인전 5회, 현과 매체전(군산시민문화회관), 한국구상회화전(예술의전당), 시공회정기전(서울세종문화회관), 내 삶의 전환점 (아산갤러리) 등 단체전과 국내외 아페어 다수참가. 현재 시공회. 기운회. 한국구상전 회원.

정우주(Jung, Woo-Joo) : 정우주 미술관장 겸 낮은언덕갤러리 대표. 서호갤러리 초대전, 부남미술관 초대전, 환 갤러리 초대전, 갤러리피카소 초대전 등 다수의 초대전과 개인전을 열었다.

희수갤러리 : 110-220 서울특별시 종로구 팔판길 1-8
TEL +82-2-737-8869 FAX +82-2-734-8869 E-Mail heesugallery@hanmail.net www.heesugallery.co.kr

아산갤러리 관장 김수열 : 336-851 충청남도 아산시 배방읍 북수리 1345
TEL +82-41-531-7470 FAX +82-41-534-7470 E-Mail soo@asangallery.co.kr www.asangallery.co.kr

갤러리 바이올렛 관장 이윤찬 : 110-290 서울특별시 종로구 인사동 168 고당빌딩
TEL +82-2-722-9655 FAX +82-2-722-9654 E-Mail kbk5000@naver.com http://blog.naver.com/2010violet

낮은 언덕 갤러리 관장 정우주 : 110-816 서울특별시 종로구 자하문로 273-1
TEL +82-10-6256-4180 E-Mail 2823721004@naver.com http://blog.naver.com/2823721004

나눔시선집 발행에
아름다운 동행을 해준 친구들

강미영 _ 강정원 명지대학교 Librarian _ 강혜정 _ 곽상권 _ 곽일규 강원도청 _ 권정수 대명리조트 _ 김경아 늘푸른초교 _ 김경훈 (주)네오경제사회연구 _ 김대영 S-Oil _ 김나경 _ 김남식 시인 천안봉서중학교 _ 김동현 _ 김미숙 해운대 홈플 _ 김보명 상주 일로곶감 _ 김사은 전북원음방송 _ 김상우 시인 _ 김상학 원장 _ 김성모 쿠폰놀이터 _ 김송자 Burden Business _ 김수경 _ 김순석 한라대학교 _ 김순희 대구 _ 김이구 NGO _ 김인미 _ 김은아 (주)미네랄하우스 _ 김영규 _ 김영균 _ 김영배 횡성군청 _ 김영수 建築國 _ 김영아 한국영재발달교육상담센터 _ 김용태 이룸나무 _ 김운묵 건강보험심사평가원 _ 김윤덕 _ 김정섭 _ 김정태 _ 김정훈 동원시스템즈 _ 김정훈 풀꽃세상 _ 김준완 전산실장 _ 김종철 안산 예그린산악회 _ 김진태 오청약국 _ 김태필 시인 부산국제외고 _ 김형순 _ 고석 삼성전자 _ 고승주 _ 고재우 사진작가 _ 고옥룡 작가 _ 남상광 시인 _ 리도훈 부산대 교수 _ 류만기 춘천 _ 류제범 현대자동차 _ 류정하 서해농자재백화점 _ 민기운 플러스유통 _ 민용기 _ 민진우 홍익대학교 _ 민정식 문화예술 TV21 _ 문영숙 _ 문창수 KBS _ 문철수 시인 _ 문태은 문화재단 산다여 _ 박두홍 순천시립도서관 _ 박성미 _ 박성민 시인 _ 박성희 시인 _ 박열서 시인 _ 박이갑 기아자동차 _ 박정순 하나은행 _ 박지영 푸른창 _ 백석기 _ 서범석 음석투데이 _ 서영주 대구 _ 서용 _ 서정화 시인학교 _ 설다민 다미연 _ 성아리향 _ 성영만 시인 (주)메트로 _ 신용우 작가 _ 손광락 CISCO _ 손채은 월촌중 _ 손현석 자이온솔루션(주) _ 송근배 레인보우힐스CC _ 송현우 화백 _ 심대현 한국산업단지공단 _ 송인순 스키니태 _ 시인학교장 시인 이산하 _ 신동진 강원도청 _ 신연미 _ 심영의 문학박사 _심종근 (주)상식 _ 심종숙 _ 안정미 _ 안재도 남원 _ 양세열 GS칼텍스 _ 양우열 목포 _ 양환석 제주행복장터 _ 엄혜경 라인테크시스템 _ 이경미 노인복지센터장 _ 이경자 시인 _ 이기원 (주)노비타 _

이광록 FESS _ 이덕호 N솔루션 _ 이명희 사회복지사 _ 이민주 천사미소주간보호센터 _ 이두형 감독 _ 이병규 인천시 _ 이상익 시인 _ 이쌍규 (주)드림케어 _ 이승호 (주)휴먼파트너 _ 이성만 _ 이성이 시인 _ 이성종 (주)롯데 _ 이시우 한국공항공사 _ 이수종 시인 _ 이연우 레이디경향부 _ 이영은 닥터알카이티스 _ 이정우 (주)애플텍 _ 이정용 한겨레 사진부장 _ 이정환 미아리사진방 _ 이종원 (주)베넷정보통신 _ 이진락 위덕대 겸임교수 _ 이형록 명상철학자 _ 임방호 _ 임재석 교수 _ 유성대 일신건영(주) _ 오인태 시인 _ 오정아 제주도 _ 우완주 시인 _ 유인산 국회근무 _ 유하진 명상아티스트 _ 윤동훈 영천시청 _ 윤웅석 BlogMBA _ 조귀영 _ 조한진 불교문화저널 _ 전경우 작가 _ 전보경 시인학교 _ 전영순 _ 전용순 _ 정규팔 광남일보 _ 정재학 _ 정철환 대성글로벌통신 _ 주순보 시인 _ 차미정 화백 _ 천유근 시인 _ 천현진 양천구민체육센터 _ 최영미 _ 최인식 _ 최전승 전북대 명예교수 _ 최정웅 경남대학교 _ 최주순 남서울화훼공판장 _ 최정희 (주)신세계코리아 _ 하성식 사무국장 _ 한민제 첨단MRCT종합검진센타 _ 함미숙 영양사 _ 황광자 _ 황순남 시인 _ 황은영 우후시 _ 황의숙 Babies&Kids _ 허완숙 _ Chris Choi _ Crystal Kim _ Du Lin Artist _ Julia Lee, Media Department Head _ Laura Park, Librarian _ Haesook Novacco(이해숙) FL, USA

나눔시화선집 〈가슴 타도록 뜨거운 향기 바람에 덜어내며〉에

재능을 기부해 주신 아름다운 동행
"기업 및 단체"

경구로하스산업 대표 서삼덕 www.ksct.net _ (주)대명에이티엔티 대표 설진욱 www.dmatm.com _ 대한플라테크(주) 대표 박창환 www.daehanplatech.co.kr _ 바른창호(주) 대표 권일혁 www.barendoor.co.kr _ (주)상식 대표 임종근 www.commonsense.kr _ 생생자연초스킨케어 대표 박주영 www.freshherb.net , www.생생자연초.kr _ (주)스파진 대표 김정미 www.spajin.com _ (주)에스엠에이 대표 황창윤 www.smalloy.co.kr _ (주)지에스에이 대표 박홍석 www.gsadryer.com _ (주)진우아이에스 대표 김영선 www.jwpack.net _ (주)청보 대표 하영식 www.청보.net _ (주)케이엔씨 대표 장채민 www.ebrams.co.kr _ (주)태광이엔지 대표 이현수 http://태광eng.kr _ 이트리즈 트리즈닥터 신정호 박사 http://www.etriz.com _ (주)티모드 대표 유선종 www.t-mod.com _ (주)픽시스 대표 정진석 http://pyxis.in _ (주)한서마이크론 대표 함창수 www.ehanseo.com _ (사)행복한교육 이사장 박창환 www.happye.or.kr

언제나 그 자리에 _ 정원용

늦가을 청담 _ 이광택

갖고 싶은 산속 공부방 _ 이광택

하늘높이 훨훨 _ 임성숙